그리움은
　　먼 길을 돌아

그리움은
먼 길을 돌아

신웅순의 시&캘리그래피

푸른사상
PRUNSASANG

세상에서 가장 아름다운 사랑, 어머니

세상에서 가장 애틋한 사랑, 연인

세상에서 가장 소중한 사랑, 아내.

세 여인에게 진 빚

이제 무거웠던 짐 내려놓습니다.

어느덧 세월은 그렇게 흘렀습니다.

시집 『그리움은 먼 길을 돌아』를 아내에게 바칩니다.

아내에게 사랑의 편지 한 번도 써본 적이 없습니다.

늘그막 고희에 보내는 영원한 고해성사, 나의 러브레터입니다.

서럽도록 아름다운 나의 꽃길, 쉰세 편의 시.

어제는 만추의 바람으로 오늘은 초겨울 달빛으로

앞서거니 뒤서거니 서로 손을 잡고 갑니다.

해줄 수 있는 것은 시밖에 없습니다.

정성껏 붓글씨로 러브레터를 썼습니다.

고맙습니다.

바람과 파도가 그렇게도 많았던

이순길 막 에돌아온
내 사랑 낙화유수

한 인생 뒤안길에서
이제금 쓰는 러브레터
　　　　　　　　—「아내 44」 전문

서재, 매월헌에서
석야 신웅순

6

제2부 꽃길

제3부 봄날

제4부 편지

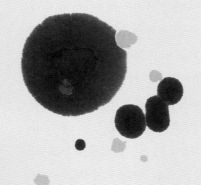

제1부

아내 1

못 만나고 못 헤어진
그런 인연 또 있을까

생각들은 길이 막혀
돌아올 수 없는데

못다 쓴 여백의 편지
영원한 내 고해성사

못만나고 못헤어진
그런이면 다시 있을까
생각들은 깊어만 해
돌아올수없는데
못다쓴
이생의 편지
영원한 그 그리움사

아내 2

언제부턴가 가슴 한 녘 하현달이 지나간다

저녁길도 보내고
새벽길도 떠나보낸

걸어둔 처마 끝 등불
늘그막
내 고향집

고향집

아빠. ㄹ
성아

언제부턴가
가슴 한복
판에 달이
지나간다

저녁 길도
보내고
새벽 길도
떠나보낸

끓어둔
숯이 마른 등불
늘그막
내 고향 집

아내 3

부엉새 울다 간
띄어 쓰지 못한 세월

오늘은
찬비가 애잔히도 젖는구나

적막도 함께 따라와
굽을 트는 이순길

부엉새

2020. 늦추 어느날
석야 신웅 시

부엉새 울간간
뒤 어쑤지
못한 세월

오늘은
한번가 애잔하고
젓노구 나-

적맏도
함께 하라 와-
금을 토는
이노길

어머니 아버지로 그렇게
금을 돌받아을 이노길에
씨울은 가끔씩 내게 노 네
한구절씩 둘려주고 간가

19

아내 4

이제 막 에돌아온
반 바퀴 또 반 바퀴를

쉬었다 되돌아가는
저녁비가 또 있을까

어쩌나
둥지를 못 찾는
철새 같은 그리움은

이제 막 에돋아온 반바퀴달 반비취를 누였다되돌아가는

지극 비가 또 쓸음까 어저나 돔지쯤 모 찾는뒤흘시각본그리 하는

하비 시
서양 해

21

아내 5

초겨울 외딴집에 불빛이 반짝인다

누구의 한 생애가
거기까지 와 있을까

산 너머 풍경 소리가
들려오는 그쯤일까

주저앉아 한 나절 애를 쓴 끝에 낙엽 한 잎이 바람에 날린다
두 손의 땀내 나서 비틀거리나 아직 살아가
산다 마흔을 추스르려 들려온 그 끝일까

아버 두 서가

아내 6

앞질러 간 저 산은
빈 강물에 휘감기고

여태껏 못 떠난 주막
인생길의 탁주 한잔

오늘은 불빛 하나가
저만치서 멈춰 선다

닭구

2020.3.2...에 4·6
...에서 서

앞질러간 ... ...

아내 7

만추의 그리움을
초겨울의 외로움을

평생을 만난 적도 보낸 적도 없는데

그날은 첫눈이 내렸고
먼 목어 소리 들려왔다

눈

만추의
그리움을
흐려울의
외로움을
영생으로
만간직도
보낸적도
밟노니
그날은
첫눈이
내렷건
먼북녁리
돌려왔다

27

아내 8

세월 밖 억새도
쉬었다 가는 이순의 길목

앞서거니 뒤서거니
서로 손 잡고 가는

어제는
만추의 바람
오늘은
초겨울 달빛

세월만
억새도
휘날리는
억새의 길목
앞서거니
뒤서거니
서툰 춤
잡은 가슴
어제는
만추의 바람
오늘은
초겨울 갈빛

아내요
성애시인

아내 9

한없이 걸어온 철길
지난날의 그 봄비

남루 끝 긴 소매
장삼 자락 흥건히 젖은

지워도 다 못 지울 평생
삐뚤빼뚤 내 발자국

한결   사방. 9. 성아

한없이
걸어온 철길
달 실은
그 봄비
사락끝
간 소매
장삼 자락
홀연히
철은
지울
내요 집을
평행
배뿔뿔자죽

아내 10

한평생 길이 된 게 외로움 말고 또 있을까

바위 고개 넘어가서
훌쩍였던 그 봄비

적막도
배웅해주던
산모롱 그 찔레꽃

봄비

아비.10
서야

한평생 길이 될까 외로움 맞고 또 있을까
바위고개 넘어가서 훌쩍였던 그 봄비
적막도 배웅해주던 산모롱 그 찔레꽃

아내 11

부르는 것이 아니다 바라보는 것이다
떠나는 것이 아니다 대답하는 것이다

얼마간 범종 소리가 들려오다 툭 끊긴다

보리는 것이 아니라 다 버려두는 것이다
열어는 것이 아니라 다 드러내 보이는 것이다
없다고 말할 소리가 들린다

4대.11 경야

아내 12

굽을 트는 저 강물은
애초에 아픔이었던 것

돌아서는 저 산녘은
애초에 한이었던 것

일생을 돌아온 후렴
달빛 젖은 이 배따라기

민들래

아버지
작

눈물로는
꾸짖을순
없는데
아직게
앞을 있었던 것
돌아서는
저산너머
애쓰에
한그르던 것
인정이며
돌아오는 후렴
달맞꽃은
이별입니기

아내 13

누가 몰래 만났을까
누가 몰래 떠났을까

15층 아파트 너머
보름달 참 높이도 떴다

먼 산도 서러웠을 것 같다
먼 들도 억울했을 것 같다

'04. 13
성악 [인장]

누가 몰래 만났을까 누가 몰래 떠났을까
15층 아파트 너머 보름달 참 높이도 떴다
먼산도 서러웠을 것 같다 먼둥도 억울했을 것 같다

제2부

아내 14

그리움과 신작로는 먼 길을 달려가고
외로움과 플라타너스는 먼 길을 달려온다

언제나 삼거리에서 만나는
높이 뜬 그 초승달

그리움과 신작로는 먼 길을 달려가고

외로움과 플라타너스는 먼 길을 달려온다

언제나 삼거리에서 만나는 높이 뜬 그 초승달

아내심사 석야 신웅순 시 서

아내 15

얼마나 외로우면 꽃이 저리 피고
얼마나 그리우면 꽃이 저리도 질까

아무도 몰래 오가는
서럽고도 아름다운 꽃길

꽃강

아내에게 영민

엄마가
왼손으로
꽃이
피리 골라

엄마가
그리우면
꽃이
저리도 예쁠까

아무도
모를라 우리는
서로 그녀
아마당에
풀니나

아내 16

서 있는 것이 아니라
어디론가 가는 것이다

가는 것이 아니라
어디선가 돌아오는 것이다

그대가 없는 초겨울
아, 내게도 있었구나

서는 것이 아니라 어디로가 가는 것이다
가는 것이 아니라 어디쯤 가고있는 것이다

끝이 없는 조개줄이

아,

내게도 있었구나
아빠·16
석아

아내 17

봄은 새벽 몰래 혼자서 길 떠나고
가을은 저녁 몰래 혼자서 돌아온다

물총새
쓰잇쯔, 지킷쯔
한없이 울었던 그 둑길

둑 길

봄은
새벽 풀래
혼자서
길 떠나고
가을은
저녁 풀래
혼자서
돌아온다
그글총새
쓰있쩌 지깃쯔
한없이
잃었었던 그 둑 길

아내 삼칠 석야 시서

49

아내 18

산도 데려왔고
들도 데려왔건만

혼자선 돌아올 수 없는 젊은 날의 주홍 글씨

이순의 어느 강가에서
포승줄을 놓쳤을까

산도 더러있고 들도 더러있지만

돌아오는 길에 정답게 서 있는 그윽한 산마을

아늑히 어둠속에서 붉음불을 놓았다

울까 아이야 서서서

초서 흥선

아내 19

달이 뜨지 않는 것이 어디 저 산뿐이고
달이 지지 않는 것이 어디 저 들뿐이랴
안 뜨고 안 지는 달이 어디 저 하늘뿐이랴

값비싸지않는것이 더러짐벗이오 값이지나는것이 더러한숨벗이라 앞을알지는같이 내저한슴을벗이라

아버영
성안시서

아내 20

편지
쓰는 것은
모습
지우며 가는 것

일기
쓰는 것은
빈칸
지우며 가는 것

먼 하늘
쳐다보는 것은
빗방울
두고 가는 것

갖다 쓰는 것은 모습 지워져가는 것 놓지 쌓는 것은
빈 칸 지우려 가는 것 만들 표체 보는 것은 비워 울 필요 없는 것
예비 20 여년 서 [印]

아내 21

신작로와
플라타너스를
멀리도
보냈던

돌아서던
생각들과
가슴 아픈
사색들이

만추의 길가에서 만나
다시 먼 길 보내는구나

44.21. 새야

신작로와 플라타너스를 멀리도 보냈던 돌아서던 생각들과
가슴 아픈 사색들이 만추의 길가에서 만나 다시 만나곤 보내는구나

아내 22

외로움은 한평생 불빛을 따라다닌다

밤길
잘못 들어
그만
놓쳐버린

그렇게 새벽까지 울다 간
산마루 겨울바람

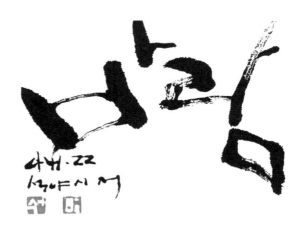

내내.22
선야시제

외로움으로
한평생

봄빛은
대답하느냐

밤길
찔레꽃들아

그만
몸져눕던

그렇게
새벽까지

불타간

안마루
겨울바람

아내 23

봄은 편지 부칠 우체국도 없나 보다
가을은 타고 내릴 간이역도 없나 보다

죽도록 사랑했던 사람
평생을 사랑했던 사람

봄은
편지보다

우체국도
없나보다

가을은
타고내릴

간이역도
없나보다

죽도록
사랑했던 사람

평생에
사랑했던 사람

아무 ··
석야선생

아내 24

늦가을 찬비가
몇 번을 왔다 갔다

누가 밤새 등불과 한잔하고 갔을까

주막에 시 한 수 써놓고
홀연 떠난
겨울바람

눈가을 찬비가 땅에 버들 다 적셔 잠다
부잣 담에 서 북풍과 함께 훑고 앉을 세
무디에 시 한수 써 놓고 홀연떠난 겨울 비밤

하세 고나 서야

아내 25

때때로 울까 봐
피리는 못 만들겠다

영원히 떠날까 봐
화살은 못 만들겠다

눈비가 많은 대나무엔
붓질 더는 못 하겠다

대나무

아버 25
성야 🔲

때때로 승까와 피리는 못 만들겠다
영원히 피 남겨라 효실은 봇 만들겠다
누비가 많은 대나무엔 봇칠 더는 못하겠다

아내 26

산을 못 넘는 것
초승달 안 보이는 것

강을 못 건너는 것
그믐달 안 보이는 것

한 세상 인생과 이별
그마저도 안 보이는 것

아버 26
석아

한 물 못 넘는 것 초승달 안보이는 것
강 물 못 건너는 것 그믐달 안보이는 것
한 세상 인생과 이별 그마저도 안보이는 것

제3부

봄날

아내 27

불혹의 가슴에선 바람이 지나가고
이순의 가슴에선 달빛이 들어온다

그 많은 만추의 낙엽
누가 다 쓸고 갔을까

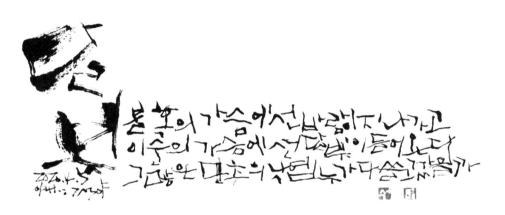

봄꽃의 가슴에선 바람이 지나가고
이슬의 가슴에선 강물이 들어오니
그 많은 달의 사연도 가슴에 담을까

2020. 4. 5
이방우 강동아

아내 28

어디가 끊어져서
구름이 되었을까

어디가 이어져서
바람이 되었을까

인생도 함께 굽을 튼
달빛도 돌아섰을 거기

섬

아버지8
산야

네가 끊어져서 구름이 되었을까 네가 베어져서
바람이 되었을까
인생도 함께 흘을든 달빛도 돌아 있을 거기

아내 29

늦가을 햇살은 산녘에서 쉬다 가고
초겨울 바람은 들녘에서 쉬다 간다

산너머 울먹이고 있을
어느 봄날 찔레꽃

찔레꽃

늦가을
햇살은
산녘에서
내려간다

들녘에서
쉬다 간다

초저녁
바람은

산너머
노을먹어

어느 봄날
찔레꽃

아버 '29
영수
[인]

아내 30

머언
산에서는
일생
달이 뜨지 않고

머언
들에서는
일생
달이 지지 않는다

거기엔 어머니가 있고
거기엔 아내가 있다

山野月

아바·30
성아

내년 봄에 너는 일생 달이 끄지 않고
내본 들에 니난 일생 꽃이 지지 않는다
거기면 너머 나가 있는 거기면 아내가 있다

아내 31

복사꽃 필 때는 주룩주룩 비가 내렸고
수숫목 여물 때는 추적추적 비가 내렸지
함박눈 펑펑 쏟아질 땐 마음 둘 곳 없었지

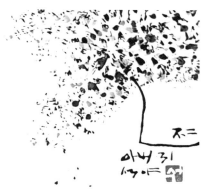

봄에
나무
푸룩푸룩

비가
내렸고

나숲 목
여물에는

추적추적
비가
내렸지

함박눈
펑펑
쏟아질땐

마음 둘곳
없었지

봄
아버지
심어 🔲

아내 32

얼마나 높으면 하현달이 거기 있고
얼마나 멀면 산이 거기에 있나

이제는 높고도 먼 것만
애잔히도 술잔에 뜬다

아쉽긴다

아내. 32
성양중 매

음악У 놓으면 허전탕이 거기 있고
술마У 맛없어 앉 거지에 었나
이제는 풀고조 먼것고 해전히도 습진에 둥다

아내 33

자목련이
투욱, 툭
금새
지는구나

동박새가
숲에서
종일을
우는구나

누가 다 그 많은 빈칸
지우고 떠났을까

자욱리에
독우·독

금새

짐누구나

동박새가

늘에서

곱빛을

눈눈구나

누구나

그많은 빈

지슭은

떠남을까

아내가
샹샹

83

아내 34

지난날 쓴 편지를 지금에 와 읽어보니
지난날 쓴 일기장을 지금에 와 읽어보니

전부가 말없음표였고
전부가 쉼표였다

지난 삶은 과거를 지금에와
잊어버려
지난 삶은 쓰라진을 지금에와
잊어버려
전부다 괜찮음 되었고 전부가
좋았었다

아빠. 그냥
심야시.기

아내 35

그 하늘
그 낮달도
실컷
울고 싶었을

어디쯤서
헤어졌을
젊은 날 내 설움 같은

일생을 떠나지 않는
창가의
저녁 불빛

그 하늘 그 봉당도 실컷 울고 싶었을
어디 숨어 헤어졌을 때만 날 내 설움 같은
일생을 떠나지 않는 강가의 저녁 불빛

어내. 35 성아

아내 36

언제나
분홍 메꽃
혼자인
저쪽은

소프라노 목소리인지
테너 목소리인지

늘그막
이름도 못 가진
내 사랑
청산별곡

매꽃

아4.3b
서가

언제나
부부모양
복잡히 전복은
소배라나
못소리이지
런고맛소리이지
놀구막
이릏도모가지
사랑
천산뿐고

아내 37

바람도
그냥
지나가지 않는구나

비를 만나고 왔는지
안개를 만나고 왔는지

애잔한
첼로 울음 소리
들려주고 가는구나

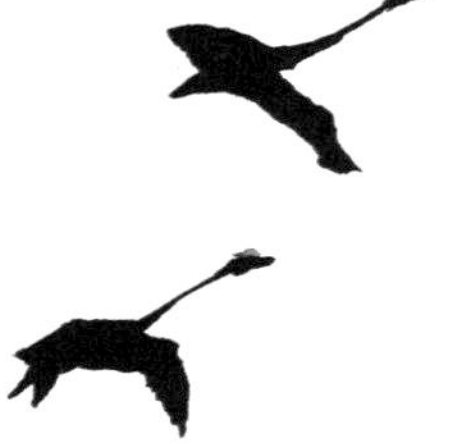

아내 38

막차를 타고 갔을
막배를 타고 갔을

지금쯤 내렸을 먼 세월 흰 구름 몇 점

영원히
유배 가는 길
저음의 내 색소폰 소리

청산

나 하나
닦고 갈꺼며
마음을
타고 갈꺼며
그렇게
잡고·잡고
한마음 딱잡
손안에
움켜쥔 길
걸음의
고된 사람 소리

유월에
상운

아내 39

산이
없는데도
가을바람이 불어오고

강이
없는데도
가을비가 내린다

늙으막 둘이서 듣는
만추의 이 빗소리

빗소리 44.38 서야

산이 없는 데도 가을바람이 불어오고
강이 없는 데도 가을비가 내린다
늦가을 밤중에서 듣는 먼 훗날의 이별소리

제4부

편지

아내 40

외로웠던 곳에는
몇 줄 흘림체 화제

아팠던 곳에는
한 폭 추상화 그림

그렇게
초겨울 하나씩
지워가는
아내의 붓질

외로웠던 풍경은
빗소리 흐림에 취해
아팠던 곳에는
한폭 풍경화 그림
그렇게
조경을 하나씩
지워가는
아픔마저

아빠가
영아

99

아내 41

멜로디도 지워지고
가사도 지워진

반세기 유정천리 놓고 가신 어머니

이제 와
악보 없이 부르는
초겨울
바람 소리

함성소리

깃폭도 찢어지고 깃대도 찌그러진
반세기 유정천리 눈고가신 어머니
이제와 악또 없이 부르는 조국을 바람소리

아버지 시장아

아내 42

어떤 날은 물소리가 그쯤에서 이어지고
어떤 날은 바람 소리가 그쯤에서 끊어진다

늘그막 여울이 되어
유턴하는 내 사랑

어떤 삶은 물소리가 그 쯤에서 이지고
어떤 삶은 바람소리가 그쯤에서 끊어진다
늘 그만, 여흘이 되어 유턴하는 내 사랑

2020. 5. 1

아내 43

온 세상이 저렇게 노랗게 물이 들고
온 세상이 저렇게 붉게도 물이 든다

만추엔 길이 없었나 보다
만추엔 역이 없었나 보다

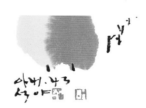

암버.43
석아

온세상이
겨렁게
그렁게 물이든
온세상이
붉게도
물이든다
저렁게
물들었다면
막으며
길이 막혔었나면
벽이 막혔었나보다

아내 44

바람과 파도가 그렇게도 많았던

이순길 막 에돌아온
내 사랑 낙화유수

한 인생 뒤안길에서
이제금 쓰는 러브레터

바람이 불다가
그렇게 멎었다

맑은 길
땅에 돌아오
내 사랑

꽃해 주시니
한 영생

돌아길에서
이제금 보는
려 레라

아버님 서시

아내 45

춘삼월 내 사랑은
몇 군데가 젖어 있고

늦가을 내 사랑은
몇 군데가 얼룩져 있네

달빛도 지워지지 않는
내 사랑
추상화 한 폭

추삼밭
내사랑은
몇군데가
정이있고
늦가을은
내사랑은
몇군데가
별로정있니
달빛도
지워지지않는
내사랑
폭상화
한폭
아내·바
상아시서

아내 46

뒤곁
장독대
서산 마루 그 초승달

달빛 등지며 훌쩍이던 분홍 홑봉숭아

살아온 인생 일절이
이보다도 더할까

봉숭아

아빠 내
손아

뒤뜰 장독대 너 산마루 그믐승달
달빛 동지며 흘쩍이던
분홍 홍봉숭아
삶아도 인생 여정들이
이보다도 더할까

아내 47

잃어버린 그리움은 어디에 있을까
잃어버린 설움은 또 어디에 있을까

회오리 바람에 묻어 있을까
비구름에 섞여 있을까

光風霽月 月

잃어버린
그리움은
어디에
있을까

잃어버린
서러움은
또 어디에
있을까

헤오리 삼달에
물어 있을까
마음에
새겨 있을까

113

아내 48

먼 산 어디쯤을 부엉새는 날아가고
깊은 밤 어디쯤을 소쩍새는 날아갔나

이제 와 부르는 쑥대머리
번갈아 치는 북과 채

먼산 어더짬으로 부엉새는 쓸어가고
갈ᄋᆞᆫ밤 어ᄃᆞ짬으로 소쩍새는 쌀아갔나
이제와 부르는 쏵때며 뒤번ᄀᆞ라 아치는 복ᄀᆞ자 뎨

아버 48
석아

아내 49

초가을 스름 매미는 어디까지 사연이고
철 잃은 저녁은 또 어디까지 울음일까

그래서 생긴 하현달
그래서 생긴 한잔 술

野言

좋아하슬을 마음은 어디까지 사랑하고
원 했나우 저녁은 또 어디까지 울음왔가
그래서 생긴 하현달 그래서 생긴한잔을

하나 나의 세상아

아내 50

숨겨둔 빗방울은 얼마나 남았으며
숨겨둔 달빛은 또 얼마나 남았을까

설움은 아마 이런 것
그리움도 아마 이런 것

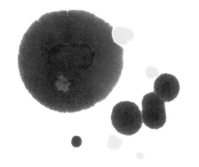

아내 51

어디에다 짝사랑 놓고 왔는지 아무도 몰라
어디에다 첫사랑 두고 왔는지 나밖에 몰라

그날은 부슬비가 내렸고
그날은 첫눈이 내렸다

어니어디가 멀쩍고 낮근지 / 아무도 몰라
어둠에 / 나 혼자서 라 / 두고 타자 우 / 나빠 에 올라
그날 그 누 슴 바 가 나고고 그 밤 시 죽 시 / 내려온다

아내.51
상는

아내 52

나머지를 적시다 홀연 떠난 그 봄비
지금 먼 철길 어느 역을 지나고 있을까

내 사랑 산모롱길도
에돌아가는 초승달

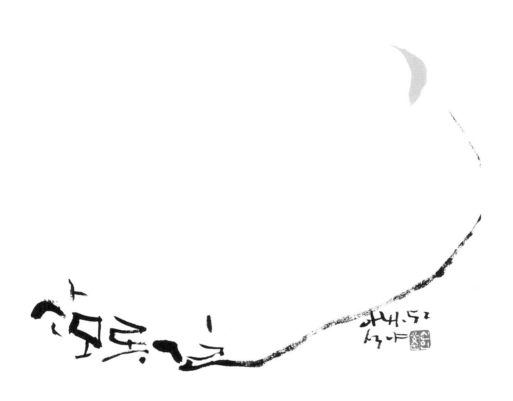

내가 몸짓이 되었던 건 그 봄비
지금 머물고 어느 먹을 지나고 있을까
바람 산모롱이도 돌아가는 표옥땅

아내 53

이제도 그리움의 종착지 찾지 못하고

젊어선 봄비로
늘그막엔 겨울비로

먼 추억 가슴 한 켠을
적셔가는 내 사랑

이젠도
그리움의
조금했지
찾지못하고

꺼졌던
부비도
는하레에
꼭싸안고
먼후일
가슴뭉친을
정처간누
부산라.

안명 오래

그리움은 먼 길을 돌아

인쇄 · 2020년 6월 22일 | 발행 · 2020년 6월 26일

지은이 · 신웅순
펴낸이 · 한봉숙
펴낸곳 · 푸른사상사

주간 · 맹문재 | 편집 · 지순이, 김수란 | 마케팅 · 김두천
등록 · 1999년 7월 8일 제2-2876호
주소 · 경기도 파주시 회동길 337-16(서패동 470-6) 푸른사상사
대표전화 · 031) 955-9111(2) | 팩시밀리 · 031) 955-9114
이메일 · prun21c@hanmail.net /prunsasang@naver.com
홈페이지 · http://www.prun21c.com

ISBN 979-11-308-1684-5   03810

값 14,500원